문제를 풀면 소름 돋는

무서운 수학

고바야시 마루마루 글
아키 아라타 그림
송지현 옮김

다산어린이

차례

미호

무서운 이야기를 좋아한다.
취미는 공포 소설 읽기와
인터넷으로 오컬트 정보 검색하기!
어른이 되면 귀신이 나오는 장소를
찾아다니는 유튜버가 되고 싶다.
앞머리에 꽂은 머리핀은 수학을 좋아하는
신비한 친구가 준 선물이다.

버스에서

1

수빈이는 학원을 다녀오는 길에 버스를 탔다.
버스 안의 사람은
수빈이를 포함해 모두 **10명**이었다.

수빈이는 버스 뒷자리에 앉아
사람들이 타고 내리는 문을 보고 있었다.

공원 앞에서 **1명**이 내리고 **3명**이 탔다.
병원 앞에서 **5명**이 타고 **7명**이 내렸다.
묘원 앞에서는 **1명**이 타고,
다산역 앞에서 **9명**이 내렸다.

한참 동안 문을 바라보던 수빈이는
다음 정류장에서 내리려고 벨을 눌렀다.

그런데 버스 안을 둘러본 수빈이는
고개를 갸웃했다.
버스 안에 있는 사람이
자신을 포함해서 **3명**이었기 때문이다.

수빈이는 승객을 몇 명이라고 생각했을까?

버스에서

수빈이가 탔을 때 버스에 있던 사람이
10명이었으니,
10에서 타고 내린 수를 계산식으로 나타내면

10-1+3+5-7+1-9=2

정답은 '2명'이야.

그래서 수빈이는 자신을 포함해서
승객이 2명이라고 생각하고 있었어.
이제 수빈이가 내리면 1명만 남는 거지.

그런데 실제 승객의 수는 3명이었어.
수빈이가 내려도 여전히 2명이야.
아무래도 학원에서 공부하고 돌아오느라
피곤해서 숫자를 잘못 센 걸까?

그런데 잠깐!

버스가 중간에
'묘원'

에서 멈췄잖아?
묘원은 공원처럼 꾸며 놓은 공동묘지야.
무덤이 잔뜩 늘어서 있는 곳이지.

어쩌면 버스 안에는 문으로 타지 않은
귀신 한 명이
섞여 있는 게 아닐까?

정답   2명

눈이 마주치다

주원이는 친구들과 놀다
밤늦게 집에 돌아가는 길이었다.
갑자기 배가 아파 오면서 하늘이 노래졌다.
얼른 근처 공원 화장실로 뛰어 들어가
급하게 변기에 앉았다.

그제야 한숨을 돌린 주원이는 화장실을 둘러보다가
누군가와 눈이 딱 마주치고 말았다.

화장실 문 위에 있는 틈으로 초등학생쯤 되는
아이가 이쪽을 쳐다보고 있었다.
문에 매달려 있지 않은 걸 보니
아이는 똑바로 서 있는 듯하다.

화장실 문과 바닥 사이가 5cm이고,
문의 높이가 195cm,
문에서 천장 사이는 20cm이다.

**이때 아이의 키는
몇 cm 이상 몇 cm 미만일까?**

단, 아이는 천장에 머리를 대고 있지 않다.

눈이 마주치다

문과 바닥 사이가 5cm이고, 문의 높이가 195cm니까
그 높이를 모두 더하면

5+195=200

200cm야.
아이의 얼굴이 문보다 위로 올라와 있으니까
적어도 키가 200cm 이상이어야 해.
문과 천장 사이의 틈은 20cm니까 이걸 더하면

200+20=220

바닥부터 천장까지의 높이는 220cm겠네.
아이의 머리가 천장에 닿지 않는 걸 보니
천장보다는 키가 작아.
따라서 그 아이의 키는 두 수 사이가 될 거야.

정답은 '200cm 이상 220cm 미만'이야.

키가 아주 큰 아이네!
초등학생 정도로 보이는데 이렇게 키가 크다고?

게다가
한밤중에… 공원 화장실에서
다른 사람을 지켜보고 있다니….

흐음, 문이 닫혀 있으니까 주원이는 당연히 아이의
몸이나 다리를 눈으로 확인하진 못했겠지?
문 아래로 발이 있는지 봐야 하지 않을까?

문을 열었더니
아이의 머리만 공중에
둥둥 떠 있을지도 모르잖아!

정답 **200cm 이상**
220cm 미만

도깨비의 식사

도깨비에게 붙잡혀 온 아이들은 덜덜 떨고 있었다.
도깨비가 입을 열자
들쭉날쭉 난 날카로운 이빨이 빛났다.
"배가 고프군. 이 몸은 되도록 많이 먹고 싶다.
네가 가장 통통하고 맛있어 보이는구나."

도깨비의 손가락이 향한 곳은 **린**이었다.
린은 허둥지둥 고개를 저었다.
"저는 옷을 입으면 통통해 보이는데요.
사실 몸무게가 39㎏밖에 안 나가서 먹을 게 없어요!"
"뭐야, 그래?"
도깨비는 아쉽다는 표정을 지었다.

"그렇다면…"
도깨비의 시선이 천천히 움직였다.
번뜩이는 눈동자는 **준** 앞에서 멈추었다.

이번에는 준이 외쳤다.
"저, 저는 32kg이에요!"

"저는 27kg밖에 안 돼요!"
옆에 있던 **카이**까지 연달아 외쳤다.

숫자가 점점 줄어드는 걸 보니
아무래도 모두 조금씩
거짓말을 하는 것 같은데….
도깨비는 아이들이 말한 몸무게를 믿는 모양이다.

그럼 도깨비의 먹잇감은 누가 될까?

단, 도깨비가 한 번에 먹을 수 있는
무게는 60kg 이하다.

3 도깨비의 식사

도깨비가 한 번에 먹을 수 있는 건
60kg 이하야.
아이들은 모두 60kg보다 가벼우니까
'되도록 많이 먹고 싶다.'라고 생각한 도깨비는
가장 무거운 아이인 린을 먹을 것 같지?

아니! 그렇지 않아.
왜냐하면 도깨비가

한 사람만 먹는다고
하진 않았으니까.

준과 카이의 몸무게를 더하면

32+27=59

59kg이야. 한 번 식사할 때 먹을 수 있는 무게잖아!

다른 아이 2명을 더하면 60kg이 넘어 버리니까
도깨비가 되도록 많이 먹으려면
준과 카이를 먹을 거야.

넋 놓고 있을 시간이 없어.
도깨비가 계산을 끝내기 전에

두 사람은 온 힘을 다해
도망가야 해!

정답   준과 카이

손거울보다 크고 잘 보이는 전신 거울을
쓰는 게 좋대. 방문을 꼭 잠그고
할 수 있으면 자물쇠로 한 번 더 잠가.

그리고 창문이 있으면 커튼을 치는 걸 잊지 마.
다른 사람한테 들키면 안 되니까.

대체 뭐 하는 거냐고?
이건 반 친구 마사오가 알려 준
아주 신비한 거울 의식이야.

준비가 끝났으면 이제 거울 앞에 서.
거울에 비친 자기 눈을 똑바로 바라보다가
15초가 지나면 말하는 거야.

"넌 누구야?"

이걸 **15초마다 한 번씩 66번**을 반복해.

그러면 거울 속에 있는 내가 혼자 움직이기 시작한대.
거울 속의 나는 한동안 '덜컹덜컹, 덜컹덜컹' 하면서
기묘하게 몸을 떨 거야.

어느 순간 그 떨림이 가라앉으면
이쪽 세계를 향해 손을 뻗는대.
의식을 한 아이의 팔을 잡고
거울 세계로 끌고 들어가는 거야.

그리고 대신 자기가 밖으로 나오는 거지.
즉, 거울 안의 나와 거울 밖의 내가 뒤바뀌는 거야.

마사오가 말할 때 친구들은
모두 덜덜 떨면서 무서워했는데
료타만 시시해하더라.

왜 그런가 했더니
지난주에 료타가 진짜로 이 의식을 해 봤대.
66번이나 제대로 말했지만
아무 일도 일어나지 않았다는 거야.

그런데 사실은 말이야.
료타는 **"넌 누구야?"**라고 **60번째** 말했을 때
의식을 멈췄어.
아마 무서워진 거겠지.
정말 한심하지 않아?

그래 놓고 반 친구들한테는 강한 척하면서
"66번 제대로 말했는데 아무 일도 없었어."
라고 말하고 다니는 거야.
료타는 정말 아무한테도 진실을 말하지 않더라.

자, 여기서 문제!
료타는 거울 의식을 몇 분 동안 했을까?

거울 의식

료타는 "넌 누구야?"라고 말하는 걸 60번에서 멈췄어.
15초에 한 번씩 60번을 반복한 거니까
시간과 횟수를 곱하면 정답을 알 수 있어.

15×60=900

료타가 거울 의식을 할 때 걸린 시간은 900초야.
1분은 60초니까 초를 분으로 바꾸기 위해 60으로 나누면

900÷60=15

료타가 거울 의식을 한 시간은 '15분'이네.

그런데 참 이상한 게 있어.
이 문제를 낸 아이는 대체 누구지?
말하는 걸 보면 료타는 아니야.
그렇다면 어떻게 거울 의식을
도중에 그만두었다는 사실을 알고 있을까?
그건 료타만 알 수 있는 건데….

아! 아니야.
비밀을 알고 있는 아이가 한 명 더 있어.

바로 거울 속에 있는
'또 다른 나' 말이야.

후후, 그 아이는 아쉽게 생각하고 있나 봐.

**"조금 더 있었으면
내가 료타의 몸을
빼앗을 수 있었는데…."**
하고 말이야.

정답　　15분

5 담력 훈련

상민이는 테니스부 여름 캠프에 참가했다.
낮에는 코트에서 땀을 흘리며 테니스 훈련을 하고
밤에는 숙소 근처에 있는 공동묘지에 모여서
담력 훈련을 하는 일정이다.

테니스 훈련이 끝나고 밤이 되자
담력 훈련이 시작되었다.

테니스부 학생 **41명** 중
13명이 귀신을 맡았고,
나머지 학생들은 **2인 1조**가 되어서
묘지를 한 바퀴 돌기로 했다.

앞 조가 목적지에 도착하면
다음 조가 출발하는 방식으로,
묘지를 한 바퀴 도는 데 걸리는 시간은 **8분**이다.

첫 번째 조가 출발할 때부터
마지막 조가 들어올 때까지
걸리는 시간은 총 몇 시간 몇 분일까?

귀신 역할을 맡은 학생 수보다
귀신의 수가 더 많은 것 같다는 말이
여러 번 나왔지만 그건 신경 쓰지 않기로 한다.

5 담력 훈련

우선 몇 개의 조가 무덤을 돌지 생각해 보자.
41명 중 13명이 귀신 역할이니까

41-13=28

2인 1조니까 28명을 둘씩 묶으면

28÷2=14

묘지를 도는 건 14개 조가 되지.

묘지를 돌 때 걸리는 시간은 8분이고 조는 14개니까
두 수를 곱하면 돼.

14×8=112

총 112분. 이걸 시간과 분으로 나타내면,
한 시간은 60분이니까

112÷60=1…52

1시간 52분! 담력 훈련에 걸린 시간은
다 합쳐서 '1시간 52분'이야.

흠, 상당히 오랜 시간
무덤에서 놀았네.

문제에서는 신경 쓰지 말라고 했지만
귀신이 더 많은 것 같다고 한 학생도 있었잖아.
진짜 귀신이 섞여 있었던 게 분명해!

귀신이 붙은 학생이
없어야 할 텐데….

정답 1시간 52분

빨갛게 빨갛게

하윤이는 조금 전에 같은 반 친구인
지아에게 생일을 물어봤다.

지아의 생일은 2015년 5월 31일이다.

하윤이는 '**연÷월÷일**'을 계산하더니
근처 강변으로 향했다.

그리고 계산 결과로 나온 숫자만큼
하나씩 하나씩 돌을 주웠다.

하윤이는 집으로 돌아와서 방문을 잠그고
책상 앞에 앉았다.
그런 다음 서랍에서 물감을 꺼내
가지고 온 돌 하나하나를 꼼꼼하게 칠했다.

빨갛게 빨갛게 빨갛게 빨갛게
빨갛게 빨갛게 빨갛게….

지아네 가족이 여행을 떠난 주말에
하윤이는 색칠한 돌을
지아네 집 마당에 묻을 생각이다.

빨갛게 칠한 돌은 전부 몇 개일까?

6 빨갛게 빨갛게

하운이가 주워 온 돌의 개수는
지아의 생일을 '연÷월÷일'로 나눈 것과 같아.
지아의 생일에 맞춰서 숫자를 넣어 보면

2015÷5÷31=13

돌의 개수는 '13개'야.

그런데 13개의 돌을 빨갛게 칠해서
남의 집 마당에 묻겠다니 조금 섬뜩하네.

이건 분명 무슨 주문일 거야.
불행하게 만들고 싶은 사람의 집 마당에

'저주를 건 물건을 묻는다.'

라는 의식에 대해 들은 적이 있어.

아무래도 하윤이는 지아한테
깊은 원한이 있는 게 분명해!

빨간 돌은
대체 어떤 재앙을 불러올까?
아주 궁금한걸.
어쩌면 곧 알게 될지도….

정답 13개

카드의 숫자

유키는 자신의 책상 서랍에서
카드 한 장을 발견했다.
유키가 넣어 둔 것은 아니었다.

앞면과 뒷면이 모두 흰색인 카드였다.
카드 앞면에는 검은 매직으로

'412'

라는 수상한 숫자가 쓰여 있었다.
뒷면에는
'방과 후 시청각실로 올 것.'
이라는 메시지가 있었다.

흥미가 생긴 유키는 마지막 수업이 끝나고
시청각실로 향했다.

문을 열자 안에는 학생 세 명이 있었다.

유키는 그들이 자기를 불렀다고
생각했지만 아니었다.
다른 학생들도 책상 서랍에 있는
카드를 보고 왔다고 했다.

시청각실로 오라는 글은 똑같았지만,
쓰여 있는 숫자는 저마다 달랐다.
다들 어리둥절한 채로 칠판을 보니
다음과 같이 적혀 있었다.
"숫자를 전부 더하라."

이들이 가지고 있던 카드의 숫자는
'412, 1453, 1945, 634' 였다.

**지시대로 네 장의 카드에 쓰인
수를 모두 더하면 얼마일까?**

자릿수가 다른 수의 덧셈이네.
힘내서 계산해 보자.

412+1453+1945+634=4444

카드에 적힌 수의 합은 '4444'야.

어? 4444라고?

이거 말이야.
죽을 사(死)라는 한자가 떠올라서
너무 불길한걸.

이 답에 무슨 의미가 있는 걸까?
문제만 읽어서는 카드를 나누어 준
사람이 누구인지 알 수 없어.

하지만 죽었으면 좋겠다고 생각한 4명을
일부러 이곳에 모은 거라면
카드를 놓고 간 사람은 시청각실에
무언가를 설치했을지도 몰라.

4444까지 모두 더한 다음
'한꺼번에 빼는 저주'
를 걸려고 말이야….

유키와 나머지 아이들은
서둘러 시청각실에서 나오는 게 좋겠어!

정답　4444

방 안에 불이 켜진 양초 세 개가 나란히 서 있다.
그런데 양초의 길이는 저마다 달랐다.

양초의 성분이 다른지 불꽃 세기도 각각 달라서
초가 짧아지는 속도에 차이가 났다.
초의 길이와 짧아지는 속도가
오른쪽 표와 같을 때,
①~③ 중 가장 빨리 사라지는 양초는 무엇일까?

단, 각 초 옆면에는 누군가의 이름이 쓰여 있다.

	길이(cm)	짧아지는 속도(cm/1일)	옆면에 쓰인 이름
①	36	0.1	서진
②	18	0.05	유나
③	54	0.15	우빈

사라지는 양초

1번 양초는 36cm이고 매일 0.1cm씩 짧아지니까
짧아지는 속도로 양초의 길이를 나누면
며칠 만에 사라질지 알 수 있어.

$$36÷0.1=36×10=360$$

1번 양초는 360일 후에 사라질 거야.
마찬가지로 2번과 3번 양초를 계산하면

2번 : $18÷0.05=360$

3번 양초도

3번 : $54÷0.15=360$

둘 다 360일이야.
응? 전부 똑같네.
'양초 세 개가 동시에 사라진다.'가 정답이야!

그런데 사람 이름이 쓰여 있는 양초라니
어쩐지 으스스한걸.
생명의 양초 이야기를 들어 본 적 있니?
죽음의 신은 사람의 수명을 양초로 만들어서 관리한대.
촛불이 꺼지면 그 양초에 이름이 쓰여 있던
사람도 죽는 거야.

만약 이 문제에 나온 초가 생명의 양초라면 세 사람은
같은 날에 죽을 운명
이라는 뜻이지.

어쩌면 똑같은 사고에 휘말릴 운명일지도 모르겠어.
수명이 1년도 채 안 남았네.
사고를 막을 수 있을까?

정답 **양초 세 개가
동시에 사라진다.**

9 이상한 쿠키

숲을 산책하고 있던 동은이는
버섯이 잔뜩 자라고 있는 동굴을 발견했다.
갓이 매우 탐스럽고, 코를 가까이 대면
좋은 향기가 나는 버섯이었다.
정말 먹음직스러웠다.

하지만 동은이는 버섯을 바로 따지 않았다.
스마트폰으로 독버섯인지 아닌지
꼼꼼히 검색한 후에 버섯을 땄다.

집에 돌아온 동은이는 버섯으로
쿠키를 만들기로 했다.
초콜릿 대신 버섯을 넣는 특별한 버섯 쿠키로,
책에서 보고 한번 만들어 보고 싶었던
요리법이었다.

동은이는 전부 **32개**의 버섯 쿠키를 만든 다음,
네 묶음으로 나누어서 상자에 담았다.
특별한 버섯 쿠키는 늘 자신과 함께 놀아 주는
연진이, 사라, 혜정이, 재준이에게 나눠 주었다.

버섯 쿠키를 먹자,
모두가 맛있는지 방글방글 웃기 시작했다.
이를 본 동은이는 정말 뿌듯했다.

이때 친구들은 **한 사람당 몇 개의
버섯 쿠키를 받았을까?**

9 이상한 쿠키

모두 합쳐서 32개인 버섯 쿠키를
네 묶음으로 나누었으니까 이걸 계산하면

32÷4=8

한 사람당 '8개'의 버섯 쿠키를 받은 거야.

그런데 이상하네. 이러면 버섯 쿠키를 만든
동은이가 먹을 몫이 없잖아.

열심히 만들었는데 자기는 안 먹는다니….
설마 재료로 쓴 버섯 말이야.

혹시 독버섯이었던 게 아닐까?

생각해 보면 문제에도
'독버섯인지 아닌지 잘 검색한 후'라고 쓰여 있을 뿐
'독버섯이 아니어서 땄다.'라고는 쓰여 있지 않아.

아마 동은이는 스마트폰으로
정말 독버섯이 맞는지를 확인한 걸 거야.

친구들이 방글방글 웃었다는 걸 보니
'웃음버섯' 같아.
먹으면 자기도 모르게 웃게 된다는 무서운 버섯이야.
괴로워도, 슬퍼도, 울고 싶어도
계속 웃을 수밖에 없대.

동은이는 버섯 쿠키를 나눠 준 네 사람이
늘 함께 놀아 준다고 표현했지만…
어쩌면 저들은 동은이의 마음에
상처를 주는 '놀이'를 했던 걸지도 몰라.

정답 8개

몇 층에 살까?

올해 봄에 세워진 빌라 고스트힐은
5층짜리 건물로 지하층은 없다.

**여기에 살고 있는 다섯 명의 증언을 바탕으로
유진이의 집은 몇 층인지 말해 보자.**

유진
"우리 집은 소윤이보다
위층에 있고,
선호보다 아래층에 있어."

선호
"우리 집은
맨 꼭대기 층은 아니야."

소윤
"나는 도희네 집
바로 아래층에 살아."

도희
"우리 집은 2층이야."

민준
"난 선호보다 밑에 살아."

단, 다섯 명은 같은 층에 살지 않는다.

10 몇 층에 살까?

아이들의 증언 중 확실한 것부터 생각해 보자.
우선 '도희가 2층'이라는 건 정확한 내용이야.
그리고 도희와 관련된 증언을 하는 사람이 소윤이지.
2층의 바로 아래층이니까 '소윤이는 1층'이야.

유진이는 소윤이보다 위층이면서 도희와는
다른 층에 사니까 3, 4, 5층 중 하나야.
또 선호보다 아래라는 건 맨 꼭대기 층에는
살지 않는 거니까 '유진이네는 3, 4층 중 하나'겠어.

반대로 유진이보다 위층인 선호네 집은
4, 5층 중 한 곳인데
선호는 맨 꼭대기 층에 살지 않는다고
말했으니까 '선호는 4층'이야.
그러면 '유진이는 3층'이겠네!
문제의 답은 '3층'이야.

잠깐! 좀 이상하지 않아?

선호가 4층에 살고, 유진이가 3층, 도희가 2층,
소윤이가 1층이라면 민준이는 5층에 살아야 하는데…
민준이가 선호보다 밑에 산다고 했잖아.
선호보다 아래면서 다른 사람하고
겹치지 않는 층은 '지하'밖에 없어.
그런데 이 빌라에는 지하층이 없다고 했는데?

아, 알았다!
문제에는 다섯 사람이 빌라에 산다고 쓰여 있지 않아.

'여기에 살고 있다.'

라고만 했잖아.

그렇다면 민준이는 지하에 살고 있는 거야.

땅 밑에 묻혀서…!

앞으로도 이 친구들은 민준이와 함께 살아야겠는걸?

정답   3층

늑대를 속여라

빨간 모자를 쓴 아이와 할머니는
늑대에게 잡아먹혔다.
배부른 늑대는 집으로 돌아와서 잠이 들었다.
그때 사냥꾼이 나타나 늑대의 배를 가르고
이들을 구해 주었다.

사냥꾼이 말했다.
"두 사람이 도망쳤다는 것을 알아채지 못하게
자고 있는 늑대의 뱃속에 돌을 넣어야겠군.
두 사람의 몸무게만큼 돌을 채워야 해."

빨간 모자의 몸무게는 33kg,
할머니는 63kg이다.

돌의 무게가 **한 개당** 6kg이라면
늑대의 배에 몇 개의 돌을 넣어야 할까?

11 늘대를 속여라

빨간 모자와 할머니의 몸무게를 더하면

33+63=96

96kg이야. 돌 1개가 6kg이니까
전체를 돌 1개의 무게로 나누면

96÷6=16

늘대 배에 넣을 돌의 개수는 '16개'야.

두 사람을 대신할 돌을 넣는다니
정말 대단한 발상이야!
결국 늘대는 무거운 몸 때문에
연못에 빠져서 다시는 떠오르지 못하겠지.
조금 잔인하지만 두 사람을 괴롭힌 늘대는
위험하니까 어쩔 수 없어.

그런데 말이야.
옛날부터 《빨간 모자》 이야기를 들으면
마음에 걸리는 부분이 있더라고….

좀 이상하지 않아?
사냥꾼은 어떻게 늑대가 두 사람을 먹었다는 걸
알고 있었을까?

늑대가 두 사람을 덮친 건 할머니 침실이었어.
어디서 그 모습을 보고 있었던 거야?

이 사냥꾼, 실은
늑대보다 훨씬 더 무서운 사람
아닐까…?

정답 16개

12 평생 먹을 사과의 개수는?

9살인 이준이는
매일 사과를 3개씩 받는다.

만약 이준이가 **78세까지** 산다면
앞으로 **68년 하고도 13일** 동안
사과를 받을 것이다.

그렇다면
**앞으로 이준이가 받게 될
사과는 전부 몇 개일까?**
이때 1년은 365일로 한다.

단, 이준이는 평생 이 시설에서
절대로 도망칠 수 없다.

평생 먹을
사과의 개수는?

우선 사과를 받는 날이
며칠인지 계산해 보자.
68년 하고 13일 동안이니까

68×365+13=24833

24833일 동안 매일 3개씩 사과를 받으니까
일수와 사과 개수를 곱하면 돼.

24833×3=74499

따라서 이준이가 받을
사과의 개수는 74499개야.

엄청나게 많잖아.
나도 사과 좋아하는데, 정말 부럽다!

음… 그런데 다시 생각해 보니
매일 사과를 3개씩 주는

이곳은 대체 어디야?

어쩌면 이준이는 누군가에게 유괴되어서
이 시설에 잡혀 있는지도 몰라.

문제에 분명
'절대로 도망칠 수 없다.'
라고 쓰여 있었거든.

이준이는 어떻게 해야 도망칠 수 있을까?
이게 더 큰 문제네.

정답 74499개

쾅쾅쾅! 벽을 두드리는 건 뭘까?

13

대학생이 된 도윤이는
혼자 살 집을 구해서 독립했다.
바로 대신빌라 206호!
꼭대기 층이지만,
역과 편의점도 가깝고
햇빛이 제법 잘 들어오는 곳이다.
도윤이는 작고 오래되었어도,
이 집이 아주 마음에 들었다.

그런데 어느 날 누가 벽을 세게 쾅쾅 쳐서
잠에서 깨는 일이 생겼다.
그리고 그 소리는 이따금 반복되었다.
벽을 두드리는 소리에 잠을 설친 날이면
하루 종일 하품이 끊이지 않았다.

"하아암, 졸려라."

하지만 매일 그러는 건 아니라서
잠을 못 자는 날과 잘 자는 날이 반복되었다.

만약 14%의 확률로 시끄러운 날이 이어진다면
**도윤이가 편안한 잠을 방해받는 날은
1년에 며칠일까?**

단, 1년은 365일로 계산하고
정답의 소수점 이하는 버린다.

덧붙여 대신빌라에는 12가구가 살고 있으며
도윤이는 옆집에 항의할 수 없다.

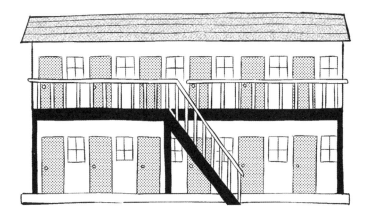

365일 중 14%가 며칠인지를 계산하면 돼.
14%는 $\frac{14}{100}$ 니까 365일에 곱하면

$$365 \times \frac{14}{100} = 51.1$$

소수점 이하는 버렸랬으니까,
벽을 두드리는 날은 '51일'이야.
1년 중 51일이나 한밤중에 깨다니 정말 피곤하겠다.

그런데 문제의 마지막 문장이 마음에 걸리네.
12가구가 살고 있는데,
도윤이는 왜 옆집 사람에게 항의할 수 없는 걸까?

빌라의 모습을 상상해 보자.
집이 전부 12채이고,
2층인 도윤이네 집이 꼭대기 층이라는 건
빌라의 1층과 2층에 집이 6채씩 있는 거야.

그리고 도윤이의 집은 206호니까 2층 끝에 있겠지.
그럼 쾅쾅 벽 두드리는 소리가 난 쪽은
205호랑 맞닿아 있는 벽이 아니라

아무도 없는 쪽 벽이야….

그러니까 항의할 수 없었던 거지.

그런데 누군가 2층 벽을 밖에서 쾅쾅 두드린다고?
그것도 1년에 51번이나 말이야.
도저히 사람의 행동이라고는 생각할 수 없겠어.

대체 벽을 두드리는 건 뭘까?

쾅쾅쾅 쾅쾅쾅

후후후, 그것참 궁금하네.

정답   51일

14 가위바위보 대결

엄마가 주방에서
저녁 식사를 준비하고 있을 때였다.
"엄마! 엄마!"
하고 두 딸이 치맛자락을 붙잡았다.

"내가 가위바위보를 더 잘하는데 메이가 아니래요."
메리가 말했다.
메이는 긴 머리카락을 헝클어뜨리며
고개를 옆으로 저었다.
"아니, 내가 더 잘해요. 메리는 인정하지 않지만요."

둘은 서로를 노려보더니
"엄마가 보기에는 누가 더 잘해요?" 하고
엄마에게 종이를 들이밀었다.

엄마는 젖은 손을 수건으로 닦고 나서 종이를 받았다.

종이에는 가위바위보 표가 그려져 있었다.

	1	2	3	4	5
메리	보	주먹	가위	가위	주먹
메이	가위	주먹	가위	보	보
루미	보	가위	보	가위	주먹

메리와 메이의 가위바위보 승률은 각각 얼마일까?

단, 정답은 %로 나타낸다.
또한 루미라는 아이는 이 집에 없지만,
깊이 생각하지 말고 함께 계산한다.

14 가위바위보 대결

표를 보면 메리는 3번 이겼고 메이는 4번 이겼어.
가위바위보를 한 횟수는 전부 5번이니까 5로 나누자.
그리고 퍼센트로 바꾸기 위해
100을 곱하면 이기는 확률을 구할 수 있지.

메리 : **3÷5×100=60**

메이 : **4÷5×100=80**

메리의 승률은 '60%'고
메이의 승률은 '80%'야.

덧붙여서 루미는 1번 이겼으니까

1÷5×100=20

20%의 승률이네.

그런데 이 집에 없다고 한
루미라는 아이는 누구일까?
아, 물론 아이들이 상상 속에서 친구를 만드는 건
흔한 일이야.

'상상 친구'

라고 하거든.
나도 어릴 때는 인형이랑 이야기했어.
아무래도 그렇겠지? 아니라면 너무 무섭잖아.

설마 어른 눈에는 보이지 않는

'유령이 집에 살고 있다!'

같은 상황은 아니면 좋겠는데….

정답 메리 : 60%
메이 : 80%

누구를 위한 인형인가

소미는 인형 만드는 일을 좋아한다.
소미가 마음을 담아서
인형 1개를 만드는 데
걸리는 시간은 **15분**이다.
그리고 인형 1개를 나무에 장식하는 데는
3분이 걸린다.

모두 **7개**의 인형을 만들어서
나무에 장식한다고 할 때,
소미의 작업 시간은 몇 시간 몇 분이 걸릴까?

덧붙이자면 소미는
크리스마스트리를 장식하는 건 아니다.

누구를 위한 인형인가

인형 하나당 필요한 시간은
만드는 시간 15분과
나무에 장식하는 시간 3분을
더해서 18분이 걸려.
거기에 인형의 개수인 7을 곱하면 되지.
그럼 총 걸리는 시간은

(15+3)×7=126

괄호를 먼저 더하니까 126분이야.
이걸 시간과 분으로 바꾸면 1시간이 60분이니까

126÷60=2⋯6

정답은 '2시간 6분'이야.

그런데 크리스마스를 준비하는 것도 아니면서
소미는 왜 나무에 인형을 장식하는 걸까?

설마 소미가 만들고 있는 건…
저주 인형 아니야?
인형에 대못을 박아서 나무에 다는 거지.

만약 저주 인형이라면 짚으로 만들어서
나무에 달았을 때 저주 효과가 더 높아져.

문제에서 소미는 '마음을 담아서'
인형을 만든다고 했어.
아마도 소미가 담고 있는 마음은 사랑이 아닐 거야.
…미움의 감정이지.

정답 2시간 6분

16 암호를 풀어라 문제

골목을 걷고 있는데 바닥에
종이비행기가 떨어져 있었다.
그리고 주위를 둘러보니
근처에 비행기가 세 개 더 있었다.
아이들이 아파트에서 날린 걸까?

종이비행기를 펼쳐 보았더니
모두 오른쪽 문제가
손 글씨로 적혀 있었다.

**종이에 쓰여 있는 문제를 계산하면
답은 각각 무엇인가?**

A   B   C   D   E   F

Z

Y

X

W

V

U

T

S   R   Q   P   O   N

G

H

I

J

K

L

M

$$2 \times 2 \times 2 =$$

$$12 - 5 - 2 =$$

$$7 + 9 - 4 =$$

$$24 \div 8 \times 2 + 10 =$$

암호를 풀어라

간단한 계산 문제야. 각각의 식은 이렇게 풀면 돼.

2×2×2=8

12-5-2=5

7+9-4=12

24÷8×2+10=16

그런데 이 종이비행기는 대체 뭘까?
일부러 똑같은 내용을 몇 장이나 써서
종이비행기로 접어 날리다니 이상하네.

혹시 이거, 암호문 아닐까?
마침 종이 가장자리에 알파벳도 쓰여 있어!

조금 전에 구한 답을 알파벳 순서에서 찾아보면
알파벳의 8번째 글자는 H야.
5번째는 E. 12번째는 L. 16번째는 P지.
붙여서 읽으면,

'HELP'가 되네.

이건 도와 달라는 말이잖아!

분명 근처에 있는 건물에
누군가가 갇혀 있는 거야!
범인이 봐도 모르게 암호문을 만들어서
창문 틈으로 날리고 있는 거지.

빨리 구해 줘야 해!

정답 8, 5, 12, 16

17

저주받은 책상

3년 전에 토미는 교통사고를 당했다.
2년 전, 파티마네 집에 불이 났다.
작년에 료는 갑자기 병에 걸려서
전학을 갔다.

세 사람은 같은 학교, 같은 반,
같은 자리였다.

매년 그 자리에 앉는 아이는
반드시 불행한 일을 겪는다.
그 자리는 다다초등학교 5학년 2반에 있다.
아이들은 이 자리를
'저주받은 책상'이라고 불렀다.

5학년 2반 교실에 줄지어 있는 책상은
가로 6열, 세로 4열이다.

올해 다다초등학교 5학년 2반이 된 수연이가
'저주받은 책상'에 앉을 확률은
몇 %일까?

단, 소수점은 생략한다.

다다초등학교 5학년 2반

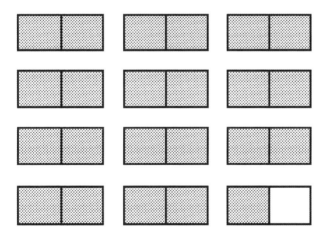

17 저주받은 책상

교실에 있는 책상 수는
가로와 세로를 곱하면 구할 수 있어.

6×4=24

교실에는 24개의 책상이 있네.
그중 하나가 '저주받은 책상'이야.
그 확률을 계산하면

$$\frac{1}{24} \times 100 = 4.166\cdots$$

소수점은 생략한다고 했으니까
수연이가 저주받은 책상에 앉게 될 확률은 '4%'야.
낮은 확률이네.
하지만 반 친구 중 한 명은 그 책상에 앉을 수밖에 없으니
결국 누군가는 저주를 받을 거야.

애초에 그런 책상은
없애 버리면 좋을 텐데.

하지만 저주받은 물건을 멋대로 처분해 버리면
더 큰 재앙이 일어나기도 하니까
쉬운 일은 아닐지도 몰라.
그래도 매년 사고가 이어진다면
빨리 방법을 찾아야 해!

…설마 매년 사고가 이어지기를
누군가가 바라고 있는 건
아니겠지?

정답   4%

매일매일 바라본다

은우는 볼 때마다 가슴이 설레는 사람이 있다.
바로 근처 고등학교 교복을
입고 있는 학생이다.
초등학교를 다니는 은우에게는 누나다.

은우네 집 앞에는 버스 정류장이 있는데,
그 누나는 매일 정류장 의자에 앉아 있다.

은우는 2층인 자기 방에서
그런 누나의 모습을 몰래 바라본다.
누나는 매일 **1시부터 30분 동안**
의자에 앉아서 책을 읽는다.

이렇게 1년 동안 누나를 바라본다면
**은우가 누나를 보는 시간은
몇 시간 몇 분이 될까?**

단, 1년은 365일로 계산한다.

또한 은우는 매일 빠지지 않고
30분 동안 누나를 바라본다.
은우가 잠드는 일은 없다.

매일매일 바라본다

매일 30분씩 365일이니까 시간과 일수를 곱하면
은우가 누나를 보는 전체 시간을 알 수 있어.

$$30 \times 365 = 10950$$

전체 시간은 10950분이야.
10950분을 60으로 나누면
분을 시간으로 바꿔 볼 수 있지.

$$10950 \div 60 = 182 \cdots 30$$

즉, 1년 동안 은우가 누나를 보고 있는 시간은
'182시간 30분'이야.

그런데 마지막 문장이 신경 쓰이네.
'은우가 잠드는 일은 없다.'라니…
이게 무슨 말일까?
은우가 누나를 보는 건 졸음이 오는 시간대인가 봐.

게다가 초등학생인 은우가
학교에 가지 않고 계속 누나를 보려면
누나가 버스 정류장에 나타나는 시간은
오전 1시라는 거야.
한밤중에 버스 정류장에서
혼자 책을 읽다니 이상한걸!

귀신들이 움직이기 시작하는
시간인데….

충격받을지도 모르니까 은우한테는 비밀로 하자.
그 누나는 아마도
살아 있는 사람은 아닐 거야.

정답 **182시간 30분**

수상한 어른

제니는 학교가 끝나고 집에 가는 길이었다.

그때 모르는 아저씨가 제니에게
상냥하게 말을 걸었다.
"이 수학 문제의 정답을 맞히면 장난감을 사 줄게."
아저씨는 미소를 지었다.

아저씨가 내민 종이를 보니
오른쪽과 같은 그림이 그려져 있었다.

**"여기에 학교와 제니의 집,
아저씨의 집을 꼭짓점으로 하는 삼각형을 그렸어.
이 삼각형의 넓이는 몇 ㎡일까?"**

제니가 되었다고 생각하고 계산해 보자.

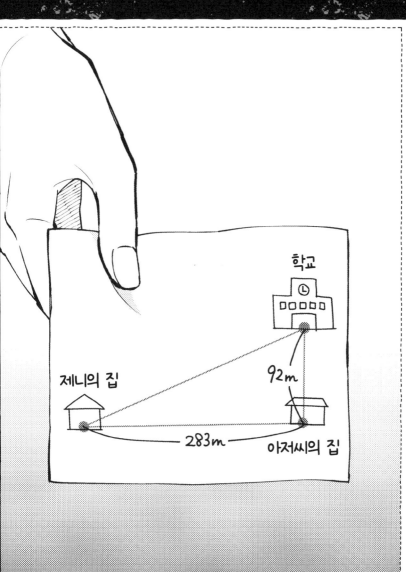

19 수상한 어른

삼각형의 넓이는 '밑변×높이÷2'로 구할 수 있어.
따라서 종이에 적힌 숫자를 넣어 보면

283×92÷2=13018

정답은 13018㎡야.

그런데 말이야. 왜 모르는 아저씨가
제니네 집이 어디인지를 알고 있지?

아! 미리 조사했나 봐. 대체 왜 알아본 거지?
어쩐지 소름이 끼치는걸.

모르는 어른이 말을 걸었을 때는
조심해야 해.
게다가 '장난감을 사 줄게.'와 같은 말을 들었다면
더욱 위험해!

이 문제의 정답은
조금 전에 설명했듯 13018㎡야.

하지만 현실에서의 답은 달라.
수상한 어른이 말을 걸었을 때는

아무 대답도 하지 말고
사람들이 많은 쪽으로
달려간다.

이게 정답이야.
제니는 얼른 도망치는 게 좋겠어!

정답 13018㎡

20 누나의 사진

우리 집에는 소중한 사진 액자가 벽에 걸려 있다.
사진에 담긴 사람은 나의 누나다.

사진 속 누나는 가만히 서서
혼자 바다를 바라보고 있다.

하지만 얼굴은 보이지 않는다.
누나는 카메라에 등을 돌리고 있다.
허리에 닿을 정도로 길고 검은 머리에
빨간 원피스를 입고 있다.
하얀 구두는 벗어서 손에 들고 있다.

사진으로 볼 수 있는 모습은 이것뿐이다.

분명 처음에는 그랬다.
그런데 누나가 사라지고 나서 이상한 일이 벌어졌다.

벽에 걸린 사진 속 누나가 움직이는 것이다.
몸이 시계 방향으로 천천히 회전해서
조금씩 이쪽으로 돌고 있다.

날이 갈수록 누나의 창백한 얼굴이 드러났다.
일주일마다 15도씩 회전하더니,
마침내 180도를 돈 다음 멈추었다.
이제 누나는 완전히 이쪽을 보고 있다.

그 얼굴에는 누나가 죽었을 때의 고통이
선명하게 드러나 있다.

**사진이 움직이기 시작하고 나서
몇 주 후에 누나는 회전을 멈췄을까?**

일주일마다 15도씩 움직여서 180도 회전했으니까
몇 주 동안 움직였는지 알려면
180을 15로 나누면 돼.

180÷15=12

누나가 회전을 멈추고
이쪽을 본 시점은 '12주 후'야.

사진 속 사람이 움직이다니 정말 무섭다.
하지만 그보다 더

오싹한 일이 있어.

이쪽을 돌아본 누나의 얼굴을 보고
동생은 "그 얼굴에는 누나가 죽었을 때의 고통이
선명하게 드러나 있다."라고 했어.

하지만 누나는 사라졌을 뿐이야.
꼭 죽었다고는 할 수 없어.
왜 동생은 누나가 죽었다고 단정 짓는 걸까?

게다가
죽은 순간의 표정까지
알고 있다니….
이건 정말 이상해.

아무래도 동생은 누나의 실종에
깊이 연관되어 있나 봐.

정답   12주 후

좀비 고등학교

온 세상에 좀비 바이러스가
퍼지기 시작했다.
좀비에게 물린 사람은
다음 날 좀비가 되어 다른 사람을 문다.
좀비는 **하루에 한 명만** 물 수 있다.
즉, 매일 좀비의 수는 전날의 **2배**가 된다.

어느 날 다다고등학교 학생 한 명이
좀비가 되고 말았다.

좀비가 다다고등학교에서만
늘어난다고 가정했을 때,
학교에 있는 모든 사람을 합친 숫자인
719명이 모두 좀비가 되는 것은 며칠 후인가?

21 좀비 고등학교

다다고등학교에는 719명이나 있으니까
2~3개월은 버틸 수 있을 것 같은데 과연 어떨까?

한번 계산해 보자.
좀비는 매일 그 전날의 2배로 늘어나니까
계속 2를 곱하면 돼.
이걸 표로 만들어 보자.

경과 (일)	1	2	3	4	5	6	7	8	9	10	11
좀비 수 (명)	1	2	4	8	16	32	64	128	256	512	1024

응?
고작 11일이면 1024명까지 늘어나 버리잖아.
학교에 있는 모든 사람 수인 719명보다 훨씬 많아지는걸.

따라서 답은 '11일 후'야.

덧셈이 아니라 곱셈이니까 생각보다
훨씬 빨리 늘어나는구나.

그런데 11일이 지난 다음 이 학교에서는
무슨 수업을 할까?

선생님도 학생도 모두 좀비가 되어 버렸잖아.
일반 학교랑은 다른 수업을 할 것 같지 않니?

'사람을 잘 무는 방법'
이라도 가르치려나?

무섭지만 조금 궁금하다···.

정답   11일 후

무엇을 숨겼을까?

자드네 집 근처에는
오랜 세월 사람들의 발길이 끊긴 들판이 있다.
들판 전체의 넓이는 4000㎡나 된다.
집 근처 놀이터의 10배나 되는 크기다.

곧 여기에 멋진 도서관이 들어설 것이다.
자드는 가슴이 두근거렸다.
들판의 땅 중에서 2400㎡를 사용하여
지상 3층, 지하 2층짜리
도서관을 짓는다고 한다.

도서관을 짓는 공사 중에
자드가 들판에 삽으로 묻어 둔 것이
발견될 확률은 몇 %일까?

무엇을 숨겼을까?

22

자드는 삽으로 들판의 흙을 파서
무언가를 숨겼나 봐.

이 들판에 짓는 도서관은 지상 3층, 지하 2층까지 만든대.
자드가 삽으로 지하 2층보다 깊게 파지는 못했을 테니까
공사장의 크기를 계산하면
자드가 숨긴 물건이 발견될 확률을 알 수 있어.

도서관의 넓이는 2400㎡이고
들판 전체의 넓이는 4000㎡이야.

확률로 바꾸기 위해 100을 곱하면

$$\frac{2400}{4000} \times 100 = 60$$

답은 '60%'야.

그런데 자드는 들판에 뭘 묻었을까?
엄마한테 보여 줄 수 없는 시험지나,
쑥스러워서 건네지 못한 편지라면 귀엽겠다!

설마 굴착기로 땅을 파던 아저씨가

"으아아아아악!"

하고 비명을 지를 만한 건 아니어야 할 텐데….

정답   60%

안전한 마을

정연이의 아빠는 걱정이 많고
자주 불안해하는 사람이다.
그래서 가족이 모두 안전하게 살 수 있도록
경찰이 많은 지역으로 이사하려고 한다.

이사 후보지인 **세 마을의 넓이**와
각 지역에 배치된 **경찰의 수**는
오른쪽 표와 같다.

이때 1km^{2}당 경찰의 수가 제일 많은 곳은
어느 마을일까?

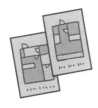

	넓이(km²)	경찰 수(명)
장미 마을	9	126
국화 마을	5	95
목련 마을	4	64

23

안전한 마을

각 지역 경찰의 수를 마을의 넓이로 나누면
1km²당 경찰의 수를 알 수 있어.

동네별로 계산해 보자.

장미 마을 : $126 \div 9 = 14$

국화 마을 : $95 \div 5 = 19$

목련 마을 : $64 \div 4 = 16$

따라서 1km²당 경찰이 가장 많은 곳은 '국화 마을'이야.
정연이네는 국화 마을로 이사를 가면 되겠어.

그런데 정말 '안전한 마을'을
찾았다고 할 수 있을까?

경찰이 많다는 건, 그만큼

범죄가 많은 지역

이라는 뜻 아니야?

내가 경찰서의 관리자라면
위험한 지역에 경찰관을 많이 보낼 것 같거든.
그래야 사람들을 지킬 테니까.

사람들은 안전한 것을 원하지만
진짜 안전한 게 뭘까?
그걸 알아내기란 의외로 어려운 일이야.

정답 국화 마을

경찰차 15대
소방차 7대
구급차 23대
군용 트럭 22대
탱크 10대

시오네 집 앞 도로를
쌩쌩 달려간 차들의 수다.

반대편에서는 **승용차 237대**가
엄청난 속도로 달려갔다.

반대편을 포함하여
시오네 집 앞을 지나간 자동차는
전부 몇 대일까?

이 정도 문제는 간단하게 덧셈으로 해결할 수 있지!
시오가 있는 쪽을 지나간 차는
경찰차 15대, 소방차 7대, 구급차 23대,
군용 트럭 22대, 탱크 10대이고
반대편에서 지나간 차는 237대니까
모두 더하면 돼.

15+7+23+22+10+237=314

따라서 지나간 차는 모두 '314대'야.

정답을 맞히긴 했지만
이렇게 차가 많이 지나가다니…

대체 무슨 일이 일어난 걸까?

집 앞 도로에 탱크까지 지나다니다니
이거 보통 일이 아니잖아….

전쟁이 일어난 걸까?
아니면 괴물이라도 나타난 걸까?

시오도 지금 지나가는 자동차를
셀 때가 아니야.

빨리 도망갈 준비를 해야 해!

정답 314대

25

게임을 더 많이 하고 싶어

문제

지훈이네 집은 게임할 수 있는 시간을
하루 1시간으로 제한해 놓았다.
1시간 뒤에는 아빠한테 게임기를 줘야 한다.
아빠는 게임기를 서랍에 넣고 열쇠로 잠근다.

그런데 사실 지훈이는 하루에
1시간도 게임을 즐길 수 없다!

왜냐하면 하루 1시간은
온 가족이 게임하는 시간을 더한 것인데,
지훈이는 형이 둘이나 있기 때문이다.

따라서 한 사람에게 주어진 게임 시간은
1시간을 3명으로 나눈 20분인 것이다.

이 정도로는 게임을 즐길 수 없었기에
지훈이의 불만은 점점 쌓여만 갔다.

그러던 어느 날, 지훈이는 인터넷에서 발견한
주문을 써 보기로 했다.
몇 가지 물건을 준비해서 소원을 빌면
이루어진다는 주문이었다.

몇 주 후, 지훈이의 소원은 현실이 되었다.
덕분에 지훈이는 게임 시간이 늘어나서
충분히 게임을 즐길 수 있었다.

지훈이가 빈 소원은 무엇일까?
'하루 1시간인 게임 시간을 늘린다.'라는
소원을 빌지는 않았다.

25 게임을 더 많이 하고 싶어

지훈이가 게임할 수 있는 시간은 20분이야.
1시간을 3명으로 나눈 것이지.
이걸 식으로 바꾸면 게임 시간은 '제한 시간÷형제의 수'야.
마지막 문장을 보면 '제한 시간'은 바뀌지 않았어.
그렇다면 '형제의 수'를 바꿨겠네.
형제의 수에 따라

2명 : $60÷2=30$

1명 : $60÷1=60$

30분 또는 60분으로 게임을 할 수 있는 시간이
늘어나는 거지.

따라서 지훈이가 빈 소원은
"형의 수를 줄여 주세요."
라는 거네.

조금 무서운걸? 그런데 답은 그것만이 아니야.
게임기가 하나밖에 없어서 '제한 시간÷형제의 수'가
게임 시간을 구하는 식이 된 거잖아.

'게임기를 1대 더 사 주세요.'라고 소원을 빈다면
'게임기 대수×제한 시간÷형제의 수'로
계산식 자체가 바뀌지.

2×60÷3=40

지훈이의 게임 시간이 40분으로 늘어나니까
이것도 정답이야.

수학에서는 어떤 답이든 상관없지만, 현실은 달라.
지훈이는 과연… 무슨 소원을 빌었을까?

정답 **'형의 수를 줄여 주세요.'
또는 '게임기를 1대
더 사 주세요.'**

성냥의 개수

경찰은 한 남자가 죽은 집에 조사하러 왔다가
바닥에 떨어져 있는 성냥을 보고 멈춰 섰다.

성냥개비는 그림처럼 흩어져 있었다.
그 옆에 놓여 있는 성냥갑을 보니,
안에는 성냥 **27개**가 들어 있었다.

이곳에 있는 성냥개비는 전부 몇 개일까?
다른 곳에는 성냥이 없었다.

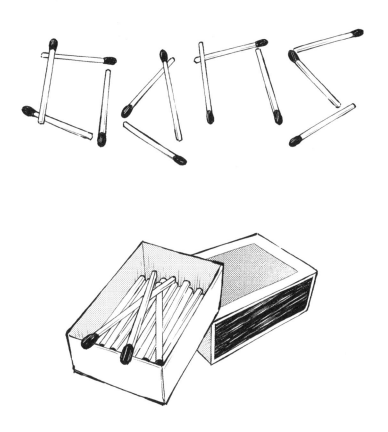

26 성냥의 개수

바닥에 떨어져 있는 성냥이
몇 개인지 세어 본 다음,
상자 안에 남아 있는 개수를 더하면
성냥개비가 전부 몇 개인지 알 수 있어.

13+27=40

성냥은 전부 '40개'야!

그런데 성냥이 몇 개인지보다 바닥에 떨어져 있는
성냥의 모양이 더 신경 쓰이는걸?
아무리 보아도 자연스럽게 떨어진 것 같지 않아.
일부러 늘어놓은 모습처럼 보이지 않니?

위아래를 뒤집어 보면
'SUDO'!

수도라고 읽을 수 있어. 수도는 물이 나오는 곳인데?

설마 이거

다잉 메시지 아닐까?

다잉 메시지는 누군가에게 공격받아서
생명이 위험해졌을 때 남기는 메시지야.

연필이 근처에 있다면 그걸 쓰겠지만,
아무것도 없는 위급한 상황에서는 주변에 있는 걸
이용해서 간단한 글자를 남길 수밖에 없지.

만약 이게 다잉 메시지라면
성냥개비를 늘어놓은 사람이 죽은 이유는

수도 때문이야.

얼른 수도 주변을 조사해야 해!

정답   40개

27 지갑을 찾았는데

미주는 친구들과 마라탕을 먹고 돌아오는 길에
15,300원이 든 지갑을 잃어버렸다.

경찰서에 분실 신고를 하자
저녁 무렵, 경찰서에서 전화가 왔다.
서둘러 가 보니 미주의 지갑이 있었다.

"아, 다행이다."

미주는 크게 안도했다.

미주는 사례금으로 지갑에 들어 있는 돈의 10%를
지갑을 찾아 준 사람에게 건네기로 하고
지갑을 열어 보았다.

미주가 지갑을 찾아 준 사람에게
건넨 돈이 30원이라면,
미주의 지갑에는 지금 얼마가 남아 있을까?

27 지갑을 찾았는데

15,300원이 들어 있던 지갑에서 30원을 건넨 거니까
'15300−30=15270'
답은 15,270원···이라고 풀면 안 돼.

되돌아온 지갑에 들어 있던 돈의 10%인
'30원'을 건넨 거니까
미주에게 돌아온 지갑 안에 들어 있는 돈은
30원의 10배야.

30x10=300

따라서 300원이지.

아마 지갑을 주운 시점에서 지폐인 15,000원은
이미 누가 가져간 게 분명해!

처음에 지갑을 주운 사람은

나쁜 사람

이었나 봐.

지폐를 가져가고, 동전만 남은 지갑은 버린 거야.
그러니까 지금 미주의 지갑에 남아 있는 돈은

300-30=270

'270원'이야.

15,000원이나 도둑맞다니 안됐다.
지갑을 주우면 꼭 그대로 경찰서에 가져다주자.

정답   270원

28 도둑이 들었다

안나네 아파트에 도둑이 들었다.
도둑은 옷장과 책상 서랍을 열고
돈이 되는 물건을 마구 챙겼다.

일을 마치고 돌아온 안나가 아파트 복도를 걸어갔다.
빨간색 구두가 지나갈 때마다
또각또각 소리가 울렸다.
소리는 안나의 집인 203호 앞에서 멈추었다.
비밀번호를 입력한 안나는 천천히 현관문을 열었다.

집 안은 깜깜했다.
아무 소리도 들리지 않았다.

안나네 집인 203호에
도둑이 숨어 있을 확률은 몇 %일까?
이 아파트에는 전부 **16가구**가 살고 있다.

도둑이 들었다

전부 16가구가 사는 아파트의 어느 한 집에
도둑이 숨어 있는 거니까
확률은 16분의 1이야.

$$\frac{1}{16} \times 100 = 6.25$$

203호에 강도가 숨어 있을 확률은 '6.25%'지.

괘, 괘, 괘, 괜찮아.

낮은 확률이잖아. 10%도 안 되는걸.
강도는 분명 다른 집에 있을 거야.

분명 안나는 괜찮을 거야.
그랬으면 좋겠는데….

정답   6.25%

29

신비한 부적

초등학교 선생님인 시아는 고민이 있다.
수업이 너무 지겨운지,
아니면 엄하게 대하지 않아서 그런지
몇몇 아이들이 수업 시간에 조는 것이다.

친구에게 투덜거렸더니,
좋은 방법이 있다며 가방 안을 뒤적였다.
친구가 꺼낸 것은 붓글씨가 멋진 부적이었다.

"이건 신비한 벌레의 고치에서 뽑아낸 실로
수놓은 부적이야. 이걸 교실 벽에 붙여."

부적을 받아 온 선생님은 교실을 둘러보다가
사물함 뒤쪽 벽에 부적을 붙였다.

부적의 효과는 정말 대단했다.

민재는 언제나 수업 중에 꾸벅꾸벅 졸았는데,
부적을 붙인 다음 날에는 책상에 엎드려 있던
민재가 이상한 소리를 내며 벌떡 일어났다.

주변 아이들은 깔깔 웃었지만,
민재의 얼굴은 새파랗게 질려 있었다.
악몽을 꾸었다고 중얼거리는 민재의
이마에는 식은땀이 줄줄 흐르고 있었다.

부적을 붙이고 일주일도 지나기 전에
수업 시간에 조는 아이들이 전부 사라졌다.
친구는 부적의 효과가 **3개월**이라고 했다.

부적 한 장이 8,550원이라면
1년 동안 부적을 사는 데
드는 비용은 모두 얼마일까?

29 신비한 부적

1년은 12개월이고, 부적의 효과는 3개월이니까

12÷3=4

1년 동안 필요한 부적의 개수는 4장이야.

그리고 부적 한 장의 가격이 8,550원이니까

8550×4=34200

1년 동안 필요한 부적 비용은 '34,200원'이네.

그런데 이 부적 말이야.

잠들면 **악몽**을 보여 주는 부적일까?

그런 게 붙어 있는 교실에서는 정말 졸 수가 없겠어.

대체 어떤 악몽을 꾸는 걸까?

선생님의 친구는 '신비한 벌레의 고치에서 뽑아낸
실로 수놓은 부적'이라고 설명했잖아. 설마…

엄청나게 많은 벌레가
기어다니는 꿈을 꾸는 걸까?

으악! 나도 비명을 지르면서 벌떡 일어날 것 같아.

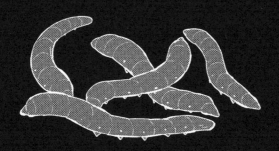

정답 **34,200원**

30 너무 가벼운데?

"이제 마흔이 넘었는데 과식은 좋지 않습니다.
성장기 어린이도 아니고요. 이대로라면 병에 걸려서
오래 살지 못할 겁니다."

다쿠미는 키가 175cm인데 몸무게가 125kg이라서
건강 검진에서 의사 선생님에게 주의를 받았다.

검진 후 5년이 지났고,
다쿠미의 몸무게는 매년 20%씩 줄었다.

5년 후인 지금 다쿠미의 몸무게는 몇 kg일까?

단, 소수점 이하는 버리고 계산한다.

몸무게가 매년 20%씩 줄어든다는 건
바꿔 말하면 80%가 된다는 뜻이야.
즉, 몸무게에 0.8을 곱하면 되지.

5년이 지났으니까 0.8을 다섯 번 곱하면 돼.

125×0.8×0.8×0.8×0.8×0.8=40.96

다쿠미의 지금 몸무게는 40.96kg이야.
소수점 이하는 버리라고 했으니까
정답은 '40kg'이겠네.

우아! 다쿠미는 다이어트에 성공했나 봐.
몸무게가 상당히 줄었잖아.

엥? 그런데 키가 175cm인데
몸무게가 40kg이라고?

이거 너무 가벼운 거 아니야?

어쩌면 의사 선생님의 경고처럼
다쿠미는 무슨 병에 걸린 게 아닐까?
병 때문에 살이 너무 많이 빠지고 만 거야.
빨리 검사를 제대로 받아 봐야 해!

정답   40kg

키는 몇일까?

건우가 근처 놀이터에 갔더니
처음 보는 아이들이 놀고 있었다.
아이들은 마치 놀이터가 자기네 것인양
놀이 기구를 차지하고 있었다.

건우는 그네를 타고 있는 세 아이를 향해
"어디 초등학교 다니는 애들이야?!"
라고 거칠게 말했다.
3 대 1이지만 고군분투할 작정이었다.

사실 건우의 키가 훨씬 더 컸기 때문에
강하게 나갈 수 있었다.
건우의 키는
아이들 세 명의 키를 모두 합친 수의 반이다.

세 아이의 키가
각각 133cm, 138cm, 129cm일 때,
건우의 키는 몇 cm일까?

133cm   138cm   129cm

키는 몇일까?

세 아이의 키를 모두 더한 다음
반으로 나누면 건우의 키를 알 수 있어.
이걸 계산식으로 나타내 보자.

(133+138+129)÷2=200

괄호 안의 수를 먼저 더해야 하니까
133+138+129=400이고
2로 나누면 200이 되는 거야.

따라서 답은 '200cm'야.

우아, 키가 아주 큰 초등학생인걸!
…그런데 말이야.
문제에는 건우가 몇 살인지 쓰여 있지 않네.

"어디 초등학교 다니는 애들이야?!"라고
고함을 치긴 했지만,

건우가 초등학생인지 아닌지는 알 수 없어.
키를 봐서는 초등학생이 아니라고
생각하는 게 자연스럽겠어.

키가 200cm인 어른이라도 놀이터에서
그네를 탈 권리는 있어.

하지만 먼저 와서 놀고 있는 아이들에게
고함을 치고 쫓아내려 하면 안 되지.
아이들은 정말 무서웠을 것 같아.

건우는
무서운 어른이었네.

정답 200cm

32 집이 점점 작아져서

도현이는 모험가다.
오르기 힘들다는 설산에 도전하고,
맹독을 가진 뱀과 전갈이 꿈틀거리는
정글에 텐트를 치고 생활하기도 한다.
작은 요트를 타고 몇 개월에 걸쳐
대서양을 건넌 적도 있다.

이런 위험한 생활을 즐기는 도현이가
자기 집에 돌아오는 건 1년에 몇 개월뿐이다.
도현이는 어차피 거의 돌아오지 않으니까
넓은 집을 빌려 봤자 집세만 아깝다고 생각했다.
그래서 이사할 때마다 점점 더 작은 집을 구했다.
원래 살던 집의 크기는 30m²였는데,
지금은 1000분의 1이 되었다.

도현이가 지금 있는 집의 크기는 몇 cm²일까?

32 집이
점점 작아져서

지금 집은 원래 살던 집의 1000분의 1이니까,
원래 집의 넓이인 30m²를 1000으로 나누면 되겠어.

30÷1000=0.03

따라서 답은 0.03m²야.
으음, 굉장히 좁은 느낌인걸.

문제에서 cm²로 물어봤으니까
이걸 cm²로 고치면 얼마나 될까?
1m²는 100cm×100cm=10000cm²이니까
0.03에 10000을 곱하면 돼.

0.03×10000=300

지금 도현이네 집은 '300cm²'구나.

직사각형이라면 가로 20cm, 세로 15cm쯤 될 거야.

응? 이 정도면 두 손으로
끌어안을 수 있는 크기잖아.

이렇게 작은 공간에서
사람이 살 수 있을 리가 없어….

위험을 무릅쓰고 모험을 계속하던 도현이는
어딘가에서 목숨을 잃고 말았나 봐.

아무래도 도현이가 지금 있는 장소는
'유골함'이 분명해.

정답 **300cm²**

제일 싼 집

유라는 집을 이사하려고 부동산에 갔다.
지하철 역까지 걸어서 10분 안에 갈 수 있고,
지은 지 10년이 안 되는 집을 보여 달라고 했다.

부동산 직원은 조건이 맞는 집 세 채를 보여 주었다.
유라는 이 중에서 **가능한 한 넓고 싼 집**을
계약하고 싶다.

1m²당 월세가 제일 싼 곳은 어디일까?

	넓이(m²)	월세(원)
해바라기 아파트	20	650,000
비발디 빌라	25	730,000
메이플 시티	35	560,000

33 제일 싼 집

월세를 방 넓이로 나누면
$1m^2$당 월세를 계산할 수 있어.

해바라기 아파트는 월세가 650,000원이고
방 넓이가 $20m^2$니까

650000÷20=32500

$1m^2$당 32,500원이야.

마찬가지로 나머지 집도 계산해 보면

비발디 빌라 : **730000÷25=29200**

메이플 시티 : **560000÷35=16000**

비발디 빌라는 $1m^2$당 29,200원,
메이플 시티는 $1m^2$당 16,000원이네.
따라서 월세가 제일 싼 곳은 '메이플 시티'야.

그런데 너무 싸지 않아?

월세만 봤을 때는 이렇게 차이 나는 줄 몰랐는데,
$1m^2$당 월세를 계산해 보니까 이상할 정도로 싸네.

세 집은 조건이 비슷해.
전부 역에서 가깝고 지은 지 오래되지도 않았어.
그런데 다른 두 집과 비교하면 메이플 시티는
반값 정도인 거야.

어쩌면 이 집은
심각한 사연이 있을지도 몰라….
사람이 죽었거나,
귀신이 나오거나 하는 사연 말이야.

정답 메이플 시티

대학생이 된 다로는 친구들과
담력 대결을 하기로 했다.
장소는 폐허가 된 낡은 병원 건물이었다.

다로는 차를 빌려서 친구 2명과
다로의 동생 1명을 태웠다.
도시를 벗어난 차는 쌩쌩 달리기 시작했다.

황폐한 주차장에 차를 세우고,
다 함께 인기척이 없는 병원 입구로 들어갔다.
그리고 손전등으로 발치를 비추며
조심스럽게 걸어갔다.

마침내 3층에 도착했을 때,
다로는 이상한 느낌이 들어
얼른 손전등으로 주변을 비추어 보았다.

그런데 바로 조금 전까지 같이 있었던
친구들과 동생의 모습이 보이지 않았다.

이름을 불러도 대답이 없었다.
고함을 쳐도 결과는 마찬가지였다.
완벽한 정적에 다로는 무척 불안해졌다.

전화를 하려고 했지만
병원 안에서는 전화가 걸리지 않았다.
무서워진 다로는 계단을 뛰어 내려가서
서둘러 차로 돌아갔다.

숨이 가라앉기를 기다렸다가
다시 한번 전화를 걸려고 스마트폰을 들었을 때였다.

문득 뒤통수가 싸해지면서 백미러에 시선이 갔다.
뒷좌석에는 머리 긴 여자가 앉아 있었다.

비도 내리지 않는데 어째서인지
푹 젖은 머리카락 사이로 창백한 얼굴이 엿보였다.
여자는 다로의 친구도, 동생도 아니었다.

다로는 "당신 누구야?"라고 소리칠
용기도 남아 있지 않았다.
그대로 공포에 사로잡혀
몸이 얼어붙어 버렸다.

고개를 숙이고 있던 여자가 천천히 얼굴을 들었다.
이대로 있다간 거울을 통해 눈이 마주치고 말 것이다.

하지만 다로는 눈을 감을 수도,
시선을 돌릴 수도 없었다.

자, 여기서 문제!
이날 다로가 빌린 차에는 모두 몇 명이 탔을까?

단, 생사는 따지지 않기로 한다.

운전자인 다로와 친구 2명, 동생 1명,
마지막으로 뒷좌석에 앉아 있던
머리 긴 여자까지 모두 더하면

1+2+1+1=5

차에는 총 '5명'이 탔어.

그나저나 폐허가 된 병원에 같이 왔던
친구들과 동생은 대체 어디로 가 버린 걸까?

게다가
머리 긴 여자는 누구일까?

다로는 차 문을 잠갔을 텐데
어느새 들어와서 앉아 있다니,
사람은 도저히 할 수 없는 일이야.

문제에도

'생사는 따지지 않는다.'

라고 쓰여 있잖아.

그 여자는 분명 이미 죽은 귀신이 틀림없어!

그렇다면
귀신과 눈이 마주치면 다로는 어떻게 될까….
다로는 계속 눈을 피할 수 있을까?

정답　　5명

35 에어컨을 계속 트는 이유

레이네 집에는 오래된 에어컨이 있다.
이 에어컨은 실내 온도를 1도씩 낮출 때마다
전기 요금이 **매시간 40원**이 더 든다.

그래도 레이는 집에 놀러 온 친구를 위해
에어컨을 18도로 24시간 내내 틀어 놓았다.

에어컨을 틀지 않았을 때
일주일 동안의 실내 온도는
오른쪽 표와 같다.
**일주일 동안 에어컨을 튼 레이가 내야 하는
냉방비는 얼마일까?**

에어컨을 틀지 않았을 때의 실내 온도

요일	월	화	수	목	금	토	일
온도(℃)	21	23	25	24	20	21	22

35 에어컨을 계속 트는 이유

차근차근 요일별로 계산해 보자.
월요일에는 21도를 18도로 내렸어.
1도 내릴 때마다 매시간 40원이 들고,
레이는 24시간 에어컨을 틀었으니까

(21-18)×40×24=2880

월요일 냉방비는 2,880원이야.

다른 요일도 같은 방법으로 생각하면,

화요일 : (23-18)×40×24=4800
수요일 : (25-18)×40×24=6720
목요일 : (24-18)×40×24=5760
금요일 : (20-18)×40×24=1920
토요일 : (21-18)×40×24=2880
일요일 : (22-18)×40×24=3840

마지막으로 각 요일의 금액을 모두 더하면 돼.

$$2880+4800+6720+5760+1920+2880+3840=28800$$

따라서 일주일 동안의 냉방비는 '28,800원'이야.

그런데 냉방비보다 더 신경 쓰이는 게 있어.
에어컨을 틀지 않았을 때의 실내 온도를 다시 볼래?
사실 집은 별로 덥지 않아.
그런데 왜 레이는 실내 온도를 낮춰야 하는 걸까?

덥지도 않은데 온도를 낮추는 이유라면,
냉장고에 채소나 고기를 보관하는 것처럼

무언가를 썩지 않게 하려고?

설마 친구는 이미 죽었는데
그 시체를 썩지 않게 하려고
방 안의 온도를 계속 낮추는 건 아닐까….

정답 28,800원

인형의 이사

인형극을 하는 우주는 이사를 가려고 한다.
일할 때 사용하는 소중한 인형은
하나씩 튼튼한 나무 상자에 넣어서
옮길 예정이다.

이사 비용은 무게로 결정되는데,
인형이 들어 있는
나무 상자 5개의 무게는 **첫 번째 표**와 같다.
그리고 무게별 운반 비용은 **두 번째 표**와 같다.

**우주가 인형을 운반하는 데 필요한 비용은
전부 얼마일까?**

각 나무 상자의 무게

	1	2	3	4	5
무게(kg)	3	2.5	30.3	21.7	2.8

무게별 운반 비용

10kg 미만	20,000원
10kg 이상 30kg 미만	50,000원
30kg 이상	130,000원

36 인형의 이사

나무 상자의 운반 비용이 얼마인지
문제의 표들을 함께 보며 생각해 보자.
무게가 3kg인 1번 상자는
10kg 미만이라서 20,000원이 들어.
다른 상자도 똑같이 적용하면
모든 상자의 운반 비용을 알 수 있어.

	1	2	3	4	5
무게(kg)	3	2.5	30.3	21.7	2.8
운반 비용(원)	20000	20000	130000	50000	20000

각 상자의 운반 비용을 더하면

20000+20000+130000+50000+20000=240000

총 운반 비용은 '240,000원'이야.

그런데

굉장히 무거운 인형이
2개나 있네.

30.3kg이랑 21.7kg 말이야.

인형극에 쓰는 인형은
보통 한 손에 들고 공연하는데
이렇게 무겁다고?
상당히 이상한데….

20kg~30kg쯤이면
초등학생 아이의 몸무게 정도야.
나무 상자에 들어 있는 건
정말 모두 인형일까…?

정답 240,000원

37 전부 뛰어내리면

지원이는 놀이공원에서 일한다.
담당하고 있는 놀이 기구는 번지 점프로
손님에게 안전장치를 착용하는 방법과
뛰는 법을 알려 준다.

손님들은 줄을 서서 기다리다가
자기 차례가 되면 한 명씩 뛰어내린다.

번지 점프를 하러 오는 손님은
크게 두 종류로 나뉜다.
초보 손님은 긴장하고 머뭇거려서
번지 점프가 끝날 때까지 **평균 7분** 정도 걸리고,
경험해 본 손님은 빨리 뛰어서 **평균 4분**이 걸린다.

현재 시각은 **오후 2시 20분**이고,
초보 손님 16명과 경험자 손님 7명이 기다리고 있다.

**지금까지 온 손님이 전부 뛰어내리면
몇 시 몇 분이 될까?**

단, 이날 지원이가 한 실수는
계산에 포함하지 않는다.

37

전부
뛰어내리면

초보 손님은 16명이고
한 사람당 7분씩 걸려. 그러니까 이 둘을 곱하면

16×7=112

초보 손님은 총 112분이 걸리겠네.

다음으로 경험 있는 손님은 7명이고
한 사람당 4분이 걸리니까

7×4=28

경험자 손님은 총 28분이 걸리지.
손님들이 번지 점프를 하는 시간은 둘을 더하면 돼.

112+28=140

따라서 총 140분이야.

이제 이걸 시간으로 바꾸면

$$140 \div 60 = 2 \cdots 20$$

2시간 20분이야.
현재 시각이 오후 2시 20분이니까
손님들이 전부 뛰어내리고 나면
2시간 20분 후인 '오후 4시 40분'이 될 거야.

그런데 마지막 문장이 좀 무섭지 않니?
"이날 지원이가 한 실수는
계산에 포함하지 않는다."라니….
평소에 지원이가 실수를 자주 하나 봐.

목숨이 걸린 실수는
아니었으면 좋겠는데….

정답 오후 4시 40분

38

한밤중에 온 전화

밤에 자고 있는데 갑자기 전화가 걸려 왔다.
이나가 잠에 취한 채 스마트폰을 귀에 대자
"빼고 걸어라."라는 남자의 목소리가 들렸다.
"네?" 하고 짜증 내며 되물어도
다시 **"빼고 걸어라."**라고만 말했다.

"뭘요?" 하고 물어도
"누구세요?" 하고 물어도
같은 말을 반복할 뿐이었다.

통화 화면을 확인했지만
모르는 번호였다.
장난 전화라고 생각한 이나는
"전화 끊을게요!"라고 말한 후
종료 버튼을 세게 눌렀다.

다음 날, 눈을 뜨니 또 전화가 왔다.

이번에는 엄마였다.
"이모네 집에 불이 났대. 너는 별일 없니? 근처잖아."
엄마가 당황한 목소리로 말했다.

불길이 치솟은 시간은
이나가 남자의 전화를 받은 시간과 같았다.
전화를 끊고 나서 이나는 통화 내역을 확인했다.
장난 전화가 걸려 온 번호는
'9382-873-8390'이었다.

**이것을 수학 문제라고 생각하고
계산하면 답은 무엇일까?**

38 한밤중에 온 전화

한밤중에 걸려온 전화번호를 식으로 만들어서
뺄셈을 하면

9382-873-8390=119

답은 '119'야.

남자가 반복한 "빼고 걸어라."의
'빼고'는
뺄셈을 말한 게 아닐까?

그렇다면 '걸어라.'는
으음…,
"전화해라."
였을지도 몰라.

119는 불이 났을 때 소방서로 전화를 거는 번호니까!
어쩌면 이나에게 전화를 한 남자는
불이 난 이나의 이모를 도우려던
수호신
이었을지도 모르겠네.

정답   119

39

귀신은 내쫓았을까?

"나무아미타불, 나무아미타불."
절의 엄숙한 본당에 불경을 읽는
스님의 낮은 목소리가 울렸다.
스님은 정좌를 하고 불경이 쓰여 있는
두루마리를 들고 있었다.

긴 두루마리에 쓰인 불경을 처음부터 끝까지
한 번 읽는 데 **24분**이 걸린다.
스님은 지칠 때까지 **8시간** 동안 쉬지 않고
계속 불경을 읽었다.
료이치는 스님이 불경을 읽는 동안
앞에서 무릎을 꿇고 앉아 있었다.

이때 스님은 불경을 몇 번 읽었을까?

단, 료이치 뒤에 있는 귀신에 대해서는
생각하지 않아도 된다.

39 귀신은 내쫓았을까?

스님은 불경을 8시간 동안 읽었어.
8시간을 분으로 고치면 '8×60=480'으로 480분이야.
불경을 한 번 읽을 때 24분이 필요하니까
전체 시간을 한 번 읽을 때 걸리는 시간으로 나누면
몇 번 읽었는지 알 수 있어.

480÷24=20

스님이 불경을 읽은 횟수는 '20번'이야!
8시간이나 쉬지 않고 불경을 읽다니 정말 대단하다!
그런데 스님은 왜 그렇게 오랫동안
불경을 읽은 걸까?

그건 마지막 문장을 보면 알 수 있어.
스님 앞에는 료이치가 앉아 있는데,
아무래도 료이치에게

귀신이 들러붙은 것 같아.

스님은 귀신을 내쫓으려고
지칠 때까지 필사적으로 불경을 읽은 거야.
과연 귀신을 쫓아냈을까?

아니, 아마
실패했을 거야.

만약 귀신을 내쫓았다면 그 시점에서
불경을 그만 읽으면 되잖아.
그런데 스님이 지칠 때까지
불경을 읽었다는 건 귀신이 계속 료이치에게
붙어 있다는 뜻이지.

이런, 안타까운 이야기네.

정답   20번

속도가 빠르다

시우의 취미는 등산이었다.
험하고 울퉁불퉁한 산길을 직접 오를 때
느껴지는 성취감을 매우 좋아했다.

작년 겨울에는 강원도에 있는 유명한 산인
설악산의 공룡능선에 올랐다.
정상까지 **12km**나 되는 험한 등산로였는데도
시우는 쉽게 등반했다.

8시 30분에 출발한 시우는
12시 18분에 정상에 도착했다.
정상에서만 볼 수 있는 황홀한 풍경을
15분 동안 감상하고
산에서 내려오기 시작했다.

시우가 산을 내려와서
설악동에 도달한 시각이 **13시 21분**이었다면,
시우의 하산 속도는 몇 km인가?

정상에서 출발한 시각은 12시 18분의
15분 후니까 12시 33분이야.
그리고 도착한 시간은 13시 21분이지.

시우가 산에서 내려오는 데 쓴 시간은
12시 33분에서 13시까지 27분과
13시부터 13시 21분까지 21분이니까 더하면

$$27+21=48$$

48분이 걸렸네. 시속을 물어봤으니까
이걸 시간으로 바꾸면 산에서 내려올 때 걸린 시간은
'48÷60=0.8시간'이야!

그리고 정상에서 설악동까지의 거리는 12km니까
이 거리를 이동하는 데 시간이 얼마나 걸렸는지
나누어 보는 것으로 시우의 하산 속도를 알 수 있어.

$$12÷0.8=15$$

시우는 '시속 15km'의 속도로 산에서 내려온 거야.

그런데 이상하네?
이 속도로는 도저히 산길을 걸어서 내려올 수 없어.
시속 15km라는 건 평탄한 길을
자전거로 달릴 때랑 비슷한 속도거든.
울퉁불퉁한 산길이고 게다가 겨울이라
산에는 눈이 쌓여 있을 가능성도 높아.

어쩌면 시우는 산의 험한 경사길에서

굴러떨어진 거 아닐까?

그렇다면 엄청난 속도로 산에서 내려올 수 있지.
그러고 보니 문제의 문장이 모두 과거형이잖아.
'등산이었다.', '좋아했다.'라고 말이야.
아무래도 시우는 산에서 사고를 당해서
유령이 된 게 틀림없어.

정답 시속 15km

얼마일까?

'미소 문구'는
사장님이 언제나 부처님처럼
온화한 미소를 짓고 있는 걸로 유명한 회사다.

지호는 얼마 전에 이 회사에 들어가서
지금 세 달째 다니고 있다.

지호의 지난달 월급은 **165만 원**이었다.
지난달에 지호가 **250시간**을 일했다면,
지호는 1시간에 얼마를 받았을까?

41 얼마일까?

지난달 월급을 일한 시간으로 나누면 풀 수 있어.

1650000÷250=6600

정답은 '6,600원'이야.

흐음, 시급 6,600원은 너무 적은데?
나라에서 정한 최저 임금보다도 훨씬 낮잖아.

한 달에 250시간 일하는 것도 너무 길고!
일하는 날이 한 달에 20일이라고 치면
하루에 12시간 30분이나 일했다는 얘기야.

학교에서 공부해도 6교시까지 있는 날은 피곤한데,
그것보다도 훨씬 힘들 거야.

미소 문구는 사장님만 싱글싱글 웃고 있지,
직원들은 좀처럼

웃 을 수 없 는 회 사

인 게 아닐까?

사실 멀쩡한 회사가 아닐지도 몰라…,
지호는 빨리

도망치는 게 좋겠어.

정답 **6,600원**

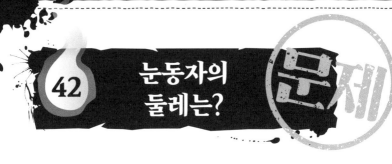

눈동자의
둘레는?

학교 운동장에서 조회를 하는데
학생 한 명이 쓰러졌다.
내가 직접 본 건 아니지만
그 학생은 눈에서 피를 흘리고 있었다고 한다.

조회는 바로 끝났고, 선생님의 안내에 따라
우리는 교실로 돌아갔다.

교실 창가에 있는 내 자리에 앉아,
책상에 팔을 괴고 조금 전까지 있던
운동장을 한참 동안 내려다보았다.
운동장에는 이상한 그림이 그려져 있었다.

운동장에 그려진 **검은 원의 반지름이 6.5m일 때,**
원의 둘레는 몇 m일까?

단, 원주율은 3.14로 계산한다.

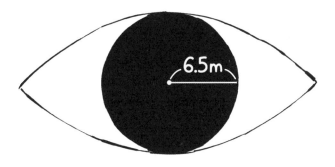

눈동자의 둘레는?

원의 둘레를 계산하는 공식은 '지름 × 원주율'이야.
반지름이 6.5m니까 지름은 그 두 배인 13m가 되지.
여기에 원주율인 3.14를 곱하면 돼.

$$13 \times 3.14 = 40.82$$

따라서 원의 둘레는 '40.82m'야.

그런데 저 그림…, 사람의 눈 같지 않아?
아까 눈에서 피를 흘렸다고 한 걸 보면
연관이 있을지도 몰라.
무슨 저주일까?

그림 때문에 학생이 쓰러졌을 수도 있으니

빨리 그림을 지우는 게 좋겠어!

정답 40.82m

43 비석이 사라지다 문제

대학에 들어가서 혼자 살기 시작한
호수는 고민이 생겼다.

새 아파트에 이사 오고 나서부터
자꾸만 머리가 아픈 것이다.
병원에 가도 원인을 알 수 없었고,
처방받은 약도 듣지 않았다.
학교 수업에도, 최근에 시작한 아르바이트에도
집중할 수 없었다.

얼마 뒤, 호수는 아파트 뒤에 있던 절이
다른 지역으로 옮겨 간 것을 알게 되었다.
절이 이사 간 자리에는
58개의 묘비석이 남아 있었는데
이날부터 절이 있는 지역으로 **매일 3개씩** 옮겨졌다.

묘비석이 전부 사라지자,
놀랍게도 호수의 두통은 말끔히 나았다.

**묘비석을 옮기기 시작하고 나서 며칠 후에
호수의 두통이 사라졌을까?**

58개의 묘비석이 매일 3개씩 이동했다면

$$58 ÷ 3 = 19 \cdots 1$$

19일 동안 57개를 옮기고 1개가 남아.
그럼 19일 동안 다 옮기지 못했다는 뜻이니까
묘비석을 옮긴 기간은
하루를 더해서 총 20일이야.

따라서 호수의 두통이 다 나은 건
'20일'이 지나 묘비석이 모두 사라졌을 때지.
호수는 고민이 해결되어서 기쁘겠네.

하지만 좀 이상하지 않니?

이번에는 이사한 절 근처에 사는 사람들이
두통에 시달리게 될 거 같은데?

수학 문제는 풀었지만
해결할 수 없는 문제가
남아 버렸네.

정답   20일 후

내가 누구게?

현준이는 보이스 피싱을 반복해서 저지른 사기꾼이다.
지금까지 아들이나 손자인 척하면서
노인들에게 전화해 돈을 빼앗아 왔다.
현준이는 평범하게 일해서는 손에 넣을 수 없는
큰돈을 벌고 매우 기뻐했다.

그러던 어느 날, 현준이는 보이지 않는
할아버지의 '목소리'를 들었다.
처음에는 전철을 탔을 때였다.
자리에 앉아 졸고 있던 현준이는
옆자리의 할아버지가 말을 건 줄 알고 눈을 떴다.
하지만 주변에는 아무도 없었다.

다음으로 목소리를 들은 건
건널목에서 신호를 기다리고 있을 때였다.
그다음은 엘리베이터에 타고 있을 때 들리더니
이제는 방에서 TV를 보고 있을 때에도 들렸다.

알아듣기 힘든 할아버지의 중얼거림이
자꾸만 현준이의 귀에 들려온다.
주위를 돌아보아도 목소리의 주인은 보이지 않았다.
날이 갈수록 소리가 들리는 일이 잦아져
현준이는 점점 불안하고 예민해졌다.

친구한테 털어놓을까 생각해 봤지만,
잘못 들은 거라며 웃어넘길 게 뻔했다.
누구한테도 말하지 못한 채 한 달이 지났다.

할아버지의 목소리는 늘 현준이의 주변을 맴돌았다.
24시간 내내 어디에 있어도, 무엇을 하고 있어도
소리가 쫓아온다.
물론 주위를 아무리 두리번거려도
말하는 사람의 모습은 보이지 않았다.

도저히 참을 수 없게 된 현준이는
자기 방에서 허공에 대고 소리를 질렀다.
"누구야? 넌 대체 누구냐고!"

그러자 귀에 뜨뜻미지근한 숨결이 닿았다.
"…나야, 나."

"나?"
"그래. 넌 내 손자니까 내가 누군지 알잖아.
설마 거짓말한 건 아니지?
자, 내 이름을 말해 봐.
틀리면 가만두지 않을 거다."

현준이가 사기를 친 노인이 모두 **8명**이라고 할 때,
**현준이가 목소리의 주인이 누구인지
맞힐 확률은 몇 %일까?**

단, 현준이는 자기가 속인 피해자의 이름을
모두 기억하고 있다.

8명 중의 1명이니까, 8분의 1이야.
이걸 퍼센트로 나타내려면 100을 곱해야 해.

$$\frac{1}{8} \times 100 = 12.5$$

현준이가 목소리 주인을 알아맞힐 확률은
'12.5%'인 셈이지.

역시 사기처럼 남에게 원한을 살 행동을 하면 안 돼.
아무래도 현준이는 피해자 할아버지에게

홀린 것 같아.

현준이가 이름을 맞혀야 무사할 텐데…
그러기에 12.5%는 낮은 확률이야.

게다가 문제에서는 현준이가 '자기가 속인 피해자의
이름을 모두 기억하고 있다.'라고 했지만,

사실은 현준이가 그 이름을
기억하고 있을 리가 없잖아.

아무래도 현준이는 살아남기 어렵겠어.
좀 불쌍하지만 어쩔 수 없지.
자업자득이니까…!

정답   12.5%

나의 친구에게

《무서운 수학》을 풀어 보니까 어때?
한 장 한 장 넘길 때마다 소름이 끼치고
심장이 두근두근해서 즐거웠지?

내가 제일 무서웠던 건 4번 문제 '거울 의식'이야.
조금 더 했다간 료타가 몸을 빼앗길 뻔했다니
소름이 돋았어.
누가 부탁해도 난 절대로 그런 의식을 하지 않을 거야.

우후후, 너도 마음에 드는 문제가 있었니?
그럼 이번에는 친구나 가족에게
그 문제를 내 보자.

퀴즈나 수수께끼처럼 문제를 내서
친구들을 무섭게 해 주는 거지.
무서운 이야기를 싫어하는 아이는
가여우니까 빼 주자!

난 더 무서운 이야기를 가지고 돌아올게.
무서운 수학이 계속 궁금하면
언제든 날 만나러 와.

글 고바야시 마루마루

일본에서 무섭게 떠오르는 작가로 창의적이고 재미있는 글을 쓴다. 스마트폰 앱을 중심으로 《의미를 알면 무서운 이야기》 시리즈를 발표해서 인기를 얻고 있다. 무서운 이야기를 찾아 매일매일 어딘가를 헤맨다. 쓴 책으로는 판매 부수 35만 부를 돌파한 《사실은 무서운 이야기》 시리즈가 있다.

그림 아키 아라타

웃긴 내용을 즐기고 문구 수집을 좋아하는 만화가다. 쓰고 그린 책으로는 TV 애니메이션으로 만들어진 《옆집에 암흑파괴신이 있습니다》가 있다. 일본 유명 만화 잡지에서 새로운 만화를 연재 중이다. 귀신을 진짜 본 것처럼 그린다. 사실 만나고 있을지도….

번역 송지현

일본에 살며 한국 아이들에게 재미있고 아름다운 이야기를 전한다. 옮긴 책으로는 〈수상한 이웃집 시노다〉〈여기는 요괴 병원〉 시리즈와 《어린이 젠더》《판다 여행사》《고양이 의사 로베르트》《신비의 달》 등이 있다. 《무서운 수학》을 번역하고 무서워서 잠을 설치고 있다.

문제를 풀면 소름이 돋는

무서운수학

초판 1쇄 인쇄 2025년 1월 23일
초판 1쇄 발행 2025년 2월 12일

글 고바야시 마루마루
그림 아키 아라타
번역 송지현

펴낸이 김선식
펴낸곳 다산북스

부사장 김은영
어린이사업부총괄이사 이유남
책임편집 박슬기 **디자인** 양X호랭 DESIGN **책임마케터** 신지수
어린이콘텐츠사업4팀장 강지하 **어린이콘텐츠사업4팀** 남정임 최방울 최유진 박슬기
어린이마케팅본부장 최민용
어린이마케팅1팀 안호성 김희연 이예주 **어린이마케팅2팀** 최다은 신지수 심가윤
미디어홍보본부장 정명찬
편집관리팀 조세현 김호주 백설희 **저작권팀** 성민경 이슬 윤제희 **기획마케팅팀** 류승은 박상준
재무관리팀 하미선 임혜정 이슬기 김주영 오지수
인사총무팀 강미숙 지석배 김혜진 황종원
제작관리팀 이소현 김소영 김진경 최완규 이지우
물류관리팀 김형기 김선민 주정훈 양문현 채원석 박재연 이준희 이민운

출판등록 2005년 12월 23일 제313-2005-00277호
주소 경기도 파주시 회동길 490
전화 02-704-1724 **팩스** 02-703-2219
다산어린이 공식 카페 cafe.naver.com/dasankids
종이 스마일몬스터 **인쇄 및 제본** 상지사 **코팅 및 후가공** 제이오엘앤피

ISBN 979-11-306-6241-1 (74830)
       979-11-306-6240-4 (세트)

품명: 도서 | **제조자명:** 다산북스
제조국명: 대한민국 | **전화번호:** 02)704-1724
주소: 경기도 파주시 회동길 490 2층
제조년월: 판권 별도 표기 | **사용연령:** 8세 이상

※ KC마크는 이 제품이 공통안전기준에 적합하였음을 의미합니다.

정말… 끝났을까?